楊風情詩選

原來你還在唱歌

楊風 著

新世紀美學 出版

為時代留下巨人的足跡

許世賢
新世紀美學總編輯

文學是藝術美學重要環節，透過抽象文字符號，描繪真實世界，更勾勒超越真實世界寬廣的視野，讓人類意識活動留下不可磨滅的痕跡。心靈國度超越有形國度的存在，不論帝國起落，政權更迭，透過詩歌、文學、藝術創作的薪火相傳，藉眾多作品呈現各時代心靈焠鍊的精華，保存凝練智慧結晶，為人類心靈提昇的心路歷程，留下時代巨人的足跡。

真善美是藝術創作追求三部曲，真理與真相的探索與忠實呈現不容輕忽，反覆辯證直指人心的針砭，以更開闊視野看待生命整體，宇宙全象才得以豁然開朗。普世價值彰顯存在的意義，任何意欲箝制心靈的企圖，在時代洪流波濤洶湧的沖刷下，終將蕩然。詩人與藝術家的永恆桂冠，超越任何世俗國度的權杖。

友善的愛溫煦如詩，溫暖光芒輕撫受創心靈，滋潤修復殘篇斷簡的生命歷程。秉持無差別包容的心念，以無私的愛對其他生命伸出友善的橄欖枝；面對以友善姿態指引心靈覺醒的澄澈意識，任何試圖顛覆人性的企圖，將經不起永恆的試煉，無以面對心靈巨人炯炯目光。

在人類此次文明進入新世紀的關鍵年代，整體心靈向上提昇的動
力不在科技生活的推陳出新，而是內在生命本質的探索與覺醒。
把焦點投注有形資源的消耗，將地球生存環境變得殘破不堪，眾
多緊握權柄的渺小心靈，始終關注經濟效益的思維迷障。世界紛
亂的根源，正是集體心靈的迷失。

新世紀美學文化旨在出版豐富多元心靈智慧的結晶，典藏人文叢
書以精緻設計裝幀，將深值典藏的藝術人文心靈，收錄典藏。去
除連鎖通路數量的迷障，保存小眾文學作品，以設計美學精緻呈
現歷經歲月風華焠鍊的大師風貌，開悟心靈呈現的完美作品，為
時代留下巨人的足跡，引領新世紀美學開闊寬廣無限的視野。

| 目次

｜目次

目次

情到深處是孤寂

旅人

楊風，曾任國立台灣大學哲學系教授，教授哲學及佛學。教授哲學及佛學，都是需要學術知識及理性思辨能力。退休後，他勇敢出櫃，專攻文藝方面（屬於情感方面）的創作，如寫詩、小說及散文；從事繪畫及攝影等均有豐碩成果呈顯，實踐了自「理」到「情」的轉向。最近他擬出版情詩選集《原來你還在唱歌》，筆者有幸先睹本集，讀之再三，興味頗濃，發現其情詩有下列五個特點，爰說明之。

詩語精美

楊風的情詩，用語精美。所謂精美，即是精簡且美麗。在本集一百二十首情詩中，平均每首行數，大約十行左右，當然也有例外的，如〈碎日〉有四十餘行，但是例外的不多。至於每行字數，平均大約十字左右。換言之，行數與行內的字數，均甚為精簡，詩的形式，看起來很清爽。每首詩的筆觸，也是美麗動人的。茲舉一詩為例：

〈哭出第一朵白櫻〉

＊去年春天，David 來不及看到後院的白櫻盛開，就往生了。今年，立春才剛過呢，第一朵白櫻就已綻放在枝頭。

忍了兩個冬天的痛
今天，終於在枝頭

哭出聲來
三百六十五又零一日
只迸出一朵
帶雨的小白花

等待雪融
等待雪融後
哭出春的
第二朵小花

這首詩計十行，每行字數不超過十字，是精簡之詩。「忍了兩個
冬天的痛／今天，終於在枝頭／哭出聲來」，此係甚美的詩句，
白櫻經過兩年，才開花，用「哭出聲來」，表示花朵綻放了，且
帶點淒涼的感覺。「等待雪融／等待雪融後／哭出春的／第二朵
小花」，讀起來很有音樂性，具音樂之美。

男體需求

楊風是同志，從情詩中可看出他是男同志。楊風是男性，寫情詩
給 David、Dullai、小翔、阿瑞、惠城、子旭、忠忠、明村、強
及少年愛人（未具名）等，而這些人都是男性，顯示楊風不愛女
性，只愛男性，因之楊風是男同志，對男體有所需求。例如給明
村之詩〈蓮花之吻〉末段：

要是蓮華是聖潔的憐愛

就把它種在你的家園吧

當它在笑聲中開放時，我來

吻你，吻你黃金的胴體

那時，你給我的滿手滿臂滿肩的

痛苦，將流著淚成為朵朵

黃金的蓮華。

楊風對著明村說：「吻你，吻你黃金的胴體」，這是對男體的需求，以吻來表示，但這吻是痛苦的，流著淚而吻，淚成為朵朵黃金的蓮花。

相思不盡

　　本集中的情詩，大多充滿了相思之情，有不盡綿綿的相思。例如在〈油菜花〉裡，寫著「相思滿山河／蕊蕊花飛淚眼」；在〈思念的長度〉裡，寫著「總是以思念的長度／丈量走過的小徑」及「那彎漂流枯葉的秋水／怎量得出／思念的長度」；在〈秋色〉裡，寫著「整整一個季節了／夏雲黑了又白／白了又黑　那夏雲／思念悵蔓蔓／夜長」；在〈落羽杉〉裡，寫著「相思滿庭園／故人衫影依稀／霜花白枝頭／呼喊／雪／降」。

悲歡交織

楊風的情詩，常常在一首詩中，有悲傷的情緒，有歡愉的感受，
交織在一起。例如：

雨中邂逅

一種美
佇立
帶著微笑
在夜的
大雨滂沱的
騎樓下

雷鳴鬱悶
叫不出的名字呵！
你的雙瞳
璀璨成
勾魂懾魄的
閃電

看你遠去
拖著一長條青春
在霓紅燈下
一種遺憾

滴答成永恒

「一種美／佇立／帶著微笑／在夜的／大雨滂沱的／騎樓下」，這段詩，描寫在雨中邂逅了一位心儀的人，有著歡愉的感受。作者被此人勾魂懾魄了，但不知其名字，又沒有勇氣上前搭訕，失去了追求的良好時機，僅能看他遠去而喟嘆他「拖著一長條青春／在霓紅燈下／一種遺憾／滴答成永恒」，這是悲傷的情緒，與前面的歡愉感受，交織在一起。又如〈你離去的腳〉第三、四段及末段，如是寫著：

你曾停下離去的腳步
回眸
對我微笑
在濛濛春雨時分

而此刻
我來寫一首短歌
送你
用左手
右手
伸
出

捕捉你
遠去的跫音

離去，令人悲傷，但回眸卻又對作者微笑，留下溫暖歡愉的感受。
「而此刻／我來寫一首短歌／送你／用左手／右手／伸／出」／
／捕捉你／遠去的跫音」
這些詩語，有著訴不盡的哀愁。整體觀之，儘管悲歡交織，惟悲
傷仍多於歡愉。

情到深處是孤寂

同志的愛戀，儘管轟轟烈烈一場，但結局卻是無言，無法長相廝
守在一起，因為依法不能結婚，即使同居，也往往不受親友的祝
福，或遭受他人的異樣眼光看待。在此情況之下，同志的愛戀，
趨於不穩定，無法維持長久，最後是分手，還是各自過著自己的
生活，可謂情到深處是孤寂。先看下面一首詩：

〈吉野櫻〉
＊院子裡的白櫻開了，原來你已離開三年……

原來
你已綻放成
一樹潔白
蛙鳴深院後
寫著

雪溶花瓣的故事

唱在
雷鳴嗚咽時分
一首歌
懸掛
朵朵希望
往生咒的音符
伽彌膩伽伽那
枳多迦利娑婆訶

2008 年 3 月 29 日‧David 逝世三週年

本詩前頭，說明詩中的主人翁已離開三年了，去向不明，但根據詩末的說明，則知主人翁是 David，他已逝世三週年。David 逝世後，化成白色的櫻花，所以詩語這樣寫著「原來／你已綻放成／一樹潔白」，但白櫻還是會落下，於雪溶時。這是一則分離的故事，讓作者無限思念 David，在蛙鳴深院，孤單一人暗自寂寞神傷。惟愛人已往生，無論如何追思，仍然無法使他復生，只能在雷鳴嗚咽時分，唸誦往生咒「伽彌膩伽伽那／枳多迦利娑婆訶」，予以超度祝福。再看另一首詩：

一罈送不出去的老紅酒

一罈老酒
窖底雕花窗口
等待
夕的酡顏

送不出去的
黃昏之戀
殷殷
塗抹紅霞
而月
總愛偷偷爬升
在你悄悄離去的
石階

「一罈老酒」，暗指作者已年華老去，青春不再來，於窖底雕花
窗口，等待愛人，但愛人不來，等到的是「夕的酡顏」，真是情
何以堪！情到深處，想把黃昏之戀送出去，但無人接受。只見愛
人悄悄離去，被偷偷升起的月亮瞧見。結局是寂寞一人，獨自生
活。

從來花易老，珍重相逢少

昨夜微霜

燭影搖紅 — 獻給楊風

月下聽泉，涓涓白水浮清淺。
纖纖四手執相環，圓曲春風展。
肯結上邪行伴？正濃時，暈桃輕敍。
許些寧靜，更點朦朧，再添婉轉。

燭影搖紅，柔光暫引酥心軟。
蝶花戀醉脈綿綿，凝水梨花眼。
細道芳辰爭選，對燭台，添成三願：
一身常健，兩隨鴛鴦，三生無怨。

日昨，開車載楊風與旅人出遊，說好要去萬里野柳看
海，途中不是塞車就是迷路，結果繞了一大圈，爬到陽
明山去吃土雞。走陽金公路時突然被濃霧所困，本知道
陽明山常有霧，卻從未想過霧能如此濃厚，大燈、霧燈、
遠燈、警示燈全開，能見度也仍是霧。自會開車以來從
沒遇過這情況，心裡著實害怕，開車技術本就不好，車
上又載著兩位大師，可千萬不能有任何閃失啊！

我問：「霧來了怎麼辦？」
楊風說：「霧來了，正好寫詩」；「霧來了，像貓的腳
步……」

旅人說：「這麼濃的霧不能像貓的腳步，但穿過它妳就『悟道』了」

為緩和我的緊張，楊風問：「霜霜啊，我們認識幾年了？」
算一算，我們認識有十年了。時光飛逝，一晃眼十年過去，我們的情感也由不斷的相聚增溫，而成親人般的鐵三角。旅人說，十年共同吃過不少佳餚，共同製造美好回憶。我笑說，十年來楊風每段戀情他都見證，知道太多秘密會被滅口嗎？

愛情是文學中的永恆話題，情詩更是璀璨明珠。楊風是情詩高手，寫來首首扣人心懸，他曾說過，他的詩作大都是傾訴兒女情長的風花雪月，其中，同志戀情的發酵是他寫詩的主要動機。這本情詩選共收錄一百二十首情詩，其中三段戀情是最讓我揪心和祝福的，分別是寫給 David 及 Dullai 和子旭，以下選三首詩各一推薦。

哭出第一朵白櫻

　　＊去年春天，David 來不及看到後院的白櫻盛開，就往生了。今年，立春才剛過呢，第一朵白櫻就已綻放在枝頭。

忍了兩個冬天的痛
今天，終於在枝頭
哭出聲來
三百六十五又零一日

只迸出一朵
帶雨的小白花

等待雪融
等待雪融後

這首淒美情詩，是寫給已逝戀人 David 的，楊風住家的
後花園有一棵白櫻樹，是當年 David 和他共同親手種
下的，但來不及等待白櫻花開戀人即已棄世。當時悲傷
的他日日寫詩悼念 David，後來更集結成詩集出版，書
名就叫做《白櫻樹下》。我就是在這時期認識楊風，那
時每首詩我都逐字拜讀，字字血淚，讀來讓人不忍又心
疼，也深深體會白櫻對他的意義，所以十年來每當後院
的白櫻花開時，楊風就會通知我。

山上來的孩子
——給 Dullai

摘一朵胡子送我吧！
從雪溶的山上
摘一朵粉蝶蘭送我吧！
當五色鳥靜靜
佇立在
水鹿的背脊上

當小米酒釀醇了青春
酣醉出黛綠一片
你壯潤的肩和胸呵！
橫臥成一幅山景
摘一朵夏枯草送我吧！
你——
山上來的孩子
當秋風吹起
雪的綺想
輕舞在
一千五百公尺高的
山巔上

這首詩充滿輕快旋律，是寫給山上的孩子 Dullai 的。Dullai 是位
年輕俊俏的布農族原住民男孩，黝黑的皮膚充滿健康美，大大的
眼睛深深的酒窩，有點靦腆，很愛笑，笑起來全身散發著陽光。
Dullai 廚藝很好，曾在他的家鄉開了一家野味餐廳名叫「原鄉食
坊」，當年餐廳名字是我跟他共取的。開幕時我和楊風及旅人
都寫詩共賀。聽說 Dullai 酒量很好，聽說 Dullai 歌聲很棒，聽
說………所以楊風寫了一系列原住民風格的情詩，後來選了三十
首集結成書，書名為《山上的孩子》。

我來為你歌唱
＊寫給病榻上的子旭

整整

釀了一星期的淚水

終於

爬落臉頰

當 CD Rom 的音軌

叮叮

協奏起

巴哈的古鋼琴曲

我來看你

在病榻旁

在插滿香水百合的綠瓶兒旁

我來看你

看你將蒼白抹在唇上

把癯瘦掛在胸前

從負壓病房的碎花窗簾

晨光

幽幽捘了進來

我來為你歌唱

歌唱那首

慢板 G 小調歌曲

「那年——
那年初夏
越橘花兒開滿山巔
你曾為我歌唱」
我說

終於
你雙眼睜開
那微微的笑呵
像青稻花
像青稻花那樣
燦爛

〈我來為你歌唱〉這首詩是寫給子旭的，整首詩深情無限，面對
病危中的子旭，寫滿焦急、心疼與祝禱。這詩完成於 2012 年，
猶記那年秋天，九降風起時，我開車載楊風到新埔拍紅柿，拍完
美景後，在農場，楊風買了一大箱柿乾宅配給子旭，然後告訴我
說子旭剛出院，柿乾對肺很有幫助。看著他亮麗的笑容，我笑著
問他：「喔，又戀愛囉！」

愛情的面貌，風情萬種，樣樣皆是美好。綜觀楊風情詩一百二十
首，有思念、有纏綿、有激情、有狂熱、有親密、也有離別與思
念、更有苦戀與揣想，以及回憶和輪迴。不管是有具名或無具名，

皆是風情萬種，引人悅讀。其實，正如禪宗《指月錄》中所說的，所有指向月亮的手指並不是我們追求的目標，我們追求的是那輪明月。在此，那輪明月就是詩。我喜讀楊風的情詩，也偷偷學習著。最後微霜野人獻曝也寫一首情詩共唱愛的美好。

愛的十四行　　昨夜微霜

愛你
原來只是心中幻影
遙不可及的夢想，天際霞漾
詩人的巨像，學者風範

竟然甜蜜我每一天時光
每刻，每分，每秒
浪漫的詩引擎，待發
充塞我每一個細胞，浸濕我每根毛髮

是誰，把昨天的你，今天的我，排列相遇
印與墨，光與影，雲與月
攪拌均勻，和水和泥，相思夢引

四月，五月，六月

深情的網，掩覆我失落的憂傷

現在起，你是我的世界，你是我的國王

昨夜微霜　2015 年 11 月 18 日

綻放一個笛音唱和的宇宙

許世賢

亙古流傳的情詩鏤刻在石牆、簡冊、詩集與人們心靈深處，以各種語言文字書寫真摯情感。這人性有情自然流露的美感，代代傳誦，成為樂音伴奏撫慰人心的情歌，或膾炙人口的情詩。藉著動人音韻，蕩氣迴腸的優美文字，撫平創傷，歌詠浪漫情懷。唱誦有情眾生共通情感，真摯感人浪漫的故事。

在哀愁裡尋找空靈寂靜的歸宿

詩人楊風大師曾任教台大哲學系，精研佛法，發表過許多哲學、佛學的學術論文與著作。他以內斂獨特的筆觸創作情詩，描寫戀人間濃郁的思念與浪漫情愫，更隱含生命哲思的深層底蘊；除字裡行間描繪的情境美感，更詠嘆人生四季更迭的律動之美。在生命無止境愛別離交織的永恆哀愁裡，尋找空靈寂靜的歸宿。從〈一片葉子往往〉這首詩可以看見生滅間蘊藏的美感。

一片葉子往往

一片葉子往往是旅人的鄉愁
一片葉子往往是乞者的絕望
一片葉子往往是深秋的枯黃

而當摯愛已逝

倩笑埋在土裏
一片葉子
往往先於寒雪而飄落

綻放一個笛音唱和的平行宇宙

詩人楊風的畫作樸拙典雅，設色濃郁，畫中詩意悠然，充滿禪趣。
以深厚遼闊的眼界與視角，透視自然景觀，描繪其背後更深邃寬
闊的世界，引領觀者進入異次元奇幻之旅。當我們凝視畫面，彷
彿看見色彩堆疊的背後，綻放一個悠揚笛音唱和的平行宇宙，釋
放一個可供生命負重憩息的空間。那裏有溫暖懷抱，友善精靈與
天使環繞的雲靄，淡淡哀愁逐漸消融，在滿溢愛的氛圍裡甦醒。
〈在雪崖誦經〉開啟了另一個深邃唯美的空間。

在雪崖誦經

在海拔一千五百公尺的
山巔念佛
為你——
異教的基督徒

雪崖上
摘一朵
白色越橘花

插在你

黑褐色的鬢邊

岩鷿飛來

啁啁

颺拂面祥雲

為你──

異族子孫

用漢人的語調

口誦

般若波羅蜜經

為無法抹滅的甜蜜記憶唱歌

生命意識的連結透過因緣際會不斷延展，珍惜生命軌跡
中情愛的交會，何其不易。詩人楊風的情詩隱含生命無
止境變化情境之美，不論在喪失所愛的哀傷中，不論在
生命情境改變的無奈中，當下美好事物總是逐漸消逝，
在時間的流動裡了無痕跡。楊風參透這不可逆的生命洪
流，雖然一次次奪去所愛，帶給我們一次次愛戀離愁，
卻無法抹滅，潛藏深層意識裡的甜蜜記憶。我們選擇坦
然面對的姿態，從容不迫，聆聽生命詩篇裡隱藏的弦外
之音，細細品味綻放凋零的美感，隨詩人楊風帶著吉他
去流浪。

帶著吉他去流浪

帶著吉他去流浪

翻過高山

穿過叢林

彈給風聽

彈給雲聽

叮叮噹

阿爾罕布拉的紅色回憶

展開了

身跨駿馬

手持彎刀

口誦古蘭經：

「以清晨出擊

捲起塵埃

攻入敵營的馬隊盟誓…」

猶記得

你馳騁荒原

摘芒花

插我襟上

而我鬱鬱吟唱：

「哀遊子煢煢其無依兮

在天之涯⋯」

帶著吉他去流浪

翻過高山

穿過叢林⋯

　　一生寫過不少詩，有詠物詩，有詠史詩，也有和時事相關的詩；但往往把這些不同內容的詩，寫成情詩。一生也有過幾段戀情，有甜蜜、幸福的，但更多的是辛酸和痛苦。這些刻骨銘心的戀情，往往也成了我詩作的題材。

　　我曾在一本詩集的「詩觀」——〈苦難與簡樸〉當中，這樣寫著：對我來說，興起寫詩的動機，都是在感情受到重創的情況下。我一向認同俄國文豪托爾斯泰（Leotolstoy）所說，文學應該負起社會責任。因此，認同包括詩作在內的文學活動，都應該和苦難的社會相結合。但實際上，我的詩作大都是傾訴兒女情長的風花雪月之作。其中，同志戀情的發酵，是我寫作的主要動機。不管是四十年前大學時代，發表在學生雜誌（台灣大學《大學新聞》）的作品，或是二、三十年前發表在笠詩刊的一連串作品—《愛強錄》和《苦苦錄》，乃至最近的詩作《山上的孩子》，都無法脫離這個主題。苦難，往往是同志戀情的命定結局。苦難因此也成了我詩作的特色。印度詩人泰戈爾（R.Tagore）說過：『世界以痛苦吻我，卻要求報以詩歌。』（《漂鳥集》167）也許，這正是我停不下寫詩這支筆的原因吧！（見：楊風《台灣詩人群像：楊風》，頁4。）

　　這本情詩選裡的詩作，最早寫於 1972 年，最遲則寫於 2015 年。旅人（李勇吉）詩兄，在他的碩士論文裡，曾把我的詩作，

分成下面幾類：一、同志詩―審美救贖；二、禪詩―追求超越；三、花詩―唯美傾向；四、身體詩―身體覺醒；五、生態詩―反思生態；六、政治詩―批判政治。（見：李勇吉《審美現代性視域中的楊風詩歌研究》，國立台灣師範大學國文系，碩士論文，2013，頁26。）本書所收錄的一百二十首詩作，大體是其中的第一、第三和第四類。而在結論一章當中，旅人詩兄則有這樣的評論：本論文主要的內容，即是對上述楊風詩歌類型與審美現代性層面的對應關係，展開全面論述，也就是對楊風詩歌，從審美現代性視域，深入觀察研究。深入觀察研究結果，獲得兩項重要具體結論：一、楊風詩歌藝術的成就，是唯美的，哀愁的，是同志身分苦難的結晶，也是女性化美學的彰顯…（見前引書，頁130。）

　　這本情詩選裡，還收錄我的三十一幅畫作，（加上封面、封底和首頁，共有三十四幅，）大部分是油畫，但也有壓克力畫和多媒材畫。它們都是近十年來的畫作。習畫期間，受到張儎老師的指導，在此向他致上最深的謝忱。這些不成熟的畫作，也請各位讀者批評指教！

最後，要謝謝旅人詩兄和昨夜微霜小姐為這本詩集寫

序。另外，許世賢兄不但為這本詩集寫序，而且還親自設計版面，
實在令筆者感動，特此向他致上十二萬分的謝忱！

楊 風

2015 年 8 月 24 日

海　2010　布　油彩 60×72cm

往在你體內眾河吟唱，我的靈魂消逝其中……

—— Pablo Neruda ——

獻給

我愛和愛我的人

等你，在暴雨中

等你在暴雨中

唇的密咒

狂歌

嗚咽亂雲

灰

黑

刀鳴荒山馬嘶

大漠沙平

煙濛

千年許諾萬斤重

歸空

問花無語

淋漓柳綠

水畔

雨打盪漾湖心

2008 年 9 月 8 日

杜鵑

祇因一句春雷響了
你竟墜成
一首詩
驚蟄雨驟
狂歌
戀曲情殤

去年河畔
春花半開第一朵
我來看你
花傘撐青天
無雲
你抿著小口
將微笑藏在花苞裡
答應我
你撩起衣褲
這樣說
雷鳴前　驚蟄明年
明年再來看我

釀酢整整一年唇吻
許諾繫在傘下
雨悶驚蟄
風起
回來看你
看你碎裂成長短句
才憶起

你叫杜鵑
那泣血的名字

拾起一片豔紅
懺罪衣袖裡
雨會停嗎？
仰天問　霹靂
於是有雷聲
隆隆
自天邊
響起

2009 年 3 月 14 日

37

夢回

第幾回了　　　　　　　而夢
將夢繫在馬鈴上　　　瘦了又瘦
叮噹　　　　　　　　那株埡口上的枯心木呀
回到你　　　　　　　焚燒焚燒
追日的草原　　　　　落日火紅
　　　　　　　　　　依舊

總是聽說
總是聽說盛開了　　　2009 年 11 月 21 日
那片黃橙橙的番杏花
在山坡
那條越過白雲的歸路
回憶曝在多風的埡口
乾了乾了
但山下
那盞昏燈還亮還亮

多少年了
在你花落萎地後的
窗口
即便——
即便

夢回（2010）布油彩 40×100cm

三月

說風已老去

越過嶺頭的愛呀

雪下著

落葉駝起一肩

原來山的孤獨

如你

走過危岸走過峽崖

走過千里草原

看樹看花看雲天

三月曾是歡樂的月份

而春芽不萌

那口寺前夢鐘呀！

萬萬里外

還能敲響嗎？

2010 年 3 月 10 日

白髮
——車行北部濱海公路

原來
是你的呼喚
湧自遠方
夢裡的愛
髮絲如雪

曾經是一首歌
藍色
山海浪蕩
銀鷗浩瀚
波上
成
群

拾起浪花
一片
碎裂繫在襟邊
歸程無盡期
垂下天邊
那朵欲淚的雲

2008 年 10 月 28 日

水紋

才一起風，就吹折
六十條縐紋
鬢髮飄飄，染白了
一甲子的臉上
歲月

築高臺
在柳岸
用一生一世的愛
垂絲千縷，為釣
第六十一條
與風共舞的
波痕

卿卿，愛人！
曾經
你細數過
六十開外的
黃昏戀情嗎？

2009 年 6 月 3 日

春天的音符 2010 布 油彩 70×120cm

呼乾啦！愛情

——給 Dullai

浸泡你

用 XO

成酒

呼乾啦

摻了苦艾的愛情

飲你的身

飲你的魂

飲你微笑燦爛

飲你

紅唇微張的青春

2009 年 7 月 11 日

雨中邂逅

一種美
佇立
帶著微笑
在夜的
大雨滂沱的
騎樓下

雷鳴鬱悶
叫不出的名字呵！
你的雙瞳
璀璨成
勾魂懾魄的
閃電

看你遠去
拖著一長條青春
在霓紅燈下
一種遺憾
滴答成永恆

2006 年 9 月 5 日

在世界的邊緣遇到你

——給 Dullai

在世界的邊緣遇到你

百億光年的地方

那裡開著小紅花

在世界的邊緣離開你

百億光年的地方

那裡花瓣鋪滿地

花開花謝本無常

此生彼滅億萬年

在世界的邊緣愛上你

百億光年的地方

千年花菓已纍纍

2009 年 6 月 20 日

在世界的邊緣遇到你 2012 布 油彩 58×70cm

冰店躲雨綺想曲

暴雨六月

霹靂藏在

冰盤

玉瓷什錦冰

嗚咽

櫃裡

禁忌的愛

滿滿

肩寬古銅色

半溢

藍調牛仔褲管

煉乳潔白

輝映

蒟蒻香醇

七彩

2008 年 6 月 2 日

夜裡，一朵豔紫荊

夜裡
一朵豔紫荊
紫紅遲開
等待
對街白茉莉

戀情竹籬外
熾熱
寒風拂衣
星微
月彎冷
雪香薄霧
盪漾

墜落
一襲豔紅
茉莉霜白街燈下
風中
淚光燿燿

2009 年 1 月 5 日

雨滴

記憶收在摺傘裡

雨的石階

逗點長串離去

從來

不是淚的句號

步履音符上升

怎奈得

別後

滾落的

滴答

2007 年 9 月 10 日

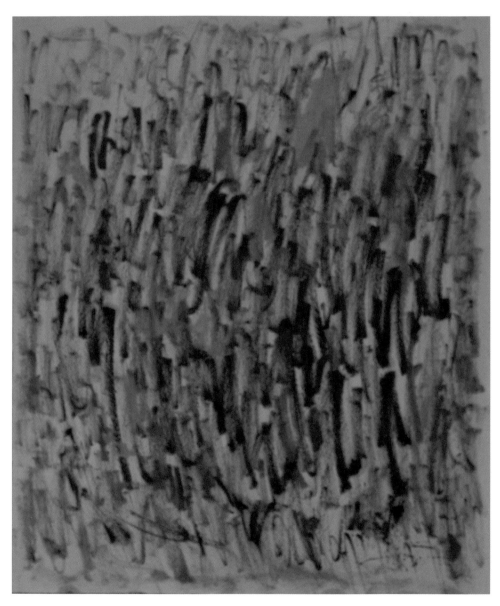

雨 2009-2011 紙板 油彩 58×70cm

候鳥

＊前年，一隻罕見的候鳥，
迷失在院子裡，發出從沒聽
過的哀哀叫聲。今年，另一
雙候鳥又飛來了……

才一年呢！
戀人的容顏變得模糊

茂密相思林下的
胸脯小丘，竟已
夷為平地
種植起
水泥高樓和鋼筋大廈
流過雙膝
流過平坦的小腹
溪河乾涸
從此不再淌水

當春雨降下
哭泣的柴窗外
月橘花飄零成
謝盡的桃花片片

你——
撫摸我
傷痛的羽翼
呼喚起我那
迷失方向的名字

曾經
你是我深情的戀人嗎？
我疑惑地看著你
問

2006 年 4 月 14 日

拱橋

拱起永恆
將無常留給
橋下溪水

橋上的戀情呵！
是否跟從岸邊的
白花流蘇
隨風漂蕩？

2005 年 9 月 15 日

春之楓紅

*四月，遊陽明山台北奧萬大，見香
楓新芽初萌……

是什麼戀情

在雪融的季節

酡紅

春枝萌新愛

許是老葉去冬

未落

痛飲寒風

凜冽

至愛已飄零

即使山雨蕩漾春心

也只能塗紅

兩頰

以酒酣醉

2010 年 4 月 15 日

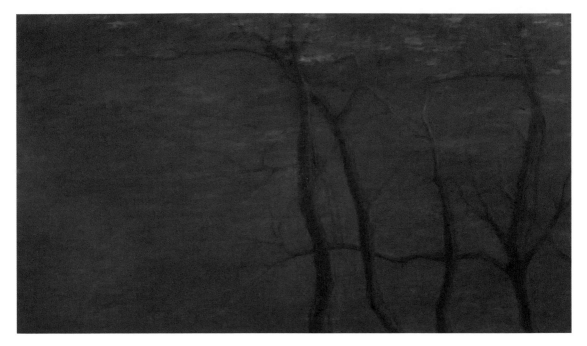

楓紅　2011　布　油彩 70×120cm

星葬

走過石階　零落是冬夜
掬起墜地一抔星星　輕輕
埋入秘密花園裡

六十年了
犁你覆泥秘密
白櫻微笑依舊
相思的花瓣飄落紛紛
才驚見星已冷熄
在
三萬三千三百光年以前

2015 年 11 月 26 日

為你點一根煙

為你點一根煙　　　　　門外

寒雨曲起　　　　　　　那朵老鸛草

鬢邊　　　　　　　　　籬下

玻璃酒杯　　　　　　　野紅暈薰

高腳

微笑盪漾伊　　　　　　2008 年 10 月 1 日

短髭下

紅唇深情

為你點一根煙

迷霧

戀情編織

未完成的愛

前世熾燃

今生

浪跡浮沉

馬蹄響

山巔

為你點一根煙

秋之迴旋曲

仲夏

最後的長句

褶疊成

1/8 音符楓紅

秋的小碎步

舞出一首

快板奏鳴曲

來不及說出口的愛

掛在樹梢

一個迴旋　已然

墜落風中

2007 年 9 月 2 日

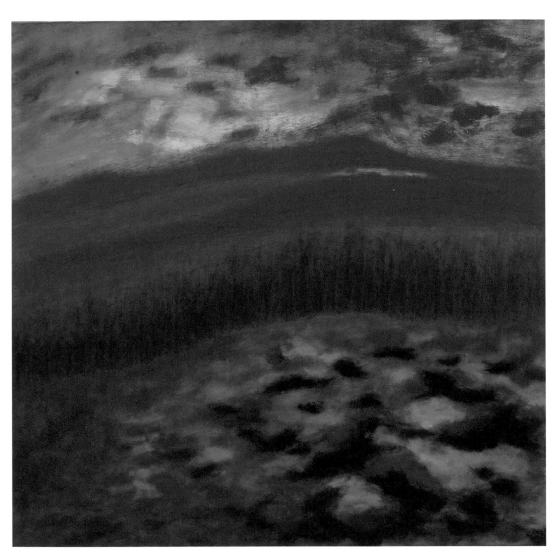

秋之迴旋曲 2011 布 油彩 73×73cm

秋色

總是思念　你　　　　　掬起一抔

那紅色髮簪　　　　　　夏釀相思酒

在春天　　　　　　　　彎刀雪皚皚　反照

朝日斜照窗前　　　　　鬢邊髮白

總是為你　　　　　　　呼乾啦！那客途

別上一朵小紅花　　　　滿山

在胸襟　　　　　　　　秋雨中的

遠山青青　　　　　　　酡紅

馬醉木的白花

開了　　　　　　　　　2010 年 10 月 9 日

又開了

整整一個季節了

夏雲黑了又白

白了又黑　那夏雲

思念悵漫漫

夜長

秋色 2011 布 油彩 70×120cm

苦楝

—寫給生命中，曾經有過的苦戀

想必曾經　　　　　　流淚
有過一段錐骨的疼　　卻朵朵
要不　　　　　　　　那一樹小碎花
怎忍心　　　　　　　淚含紫光
用小碎花　　　　　　今日東北部
紫靛靛　　　　　　　會有一陣難能可貴的春雨
細訴　　　　　　　　昨夜
辛酸的故事　　　　　氣象主播這樣說

聽說今年春天　　　　2011 年 4 月 22 日

苦旱

這小碎花　　　　　　＊小時候，家鄉菜園裡的水溏邊，有過
卻總愛初開驚蟄日　　一座用腳踩踏的小水車。水車旁還有一
雲悶雷不響　　　　　株高聳入天的苦楝樹，每到春天就開起
一地紫色震落　　　　滿樹的紫色小花。到了秋天，當樹凋葉
那陣風　　　　　　　落時，則在枯枝上結著一串串橙紅色的
熟悉那陣狂風　　　　小菓子，倒映在水波盪漾的水溏裡，成
也曾震斷如歌 G 弦　　了一幅美麗景像。每當母親在菜園除草
掃破一首戀曲　　　　時，我就會一邊踩著小水車，灌溉菜園，
哀傷　　　　　　　　一邊欣賞這棵苦楝樹。這幅景像，儘管
　　　　　　　　　　過了幾十年，還是歷歷在目……
　　　　　　　　　　多年前，曾經有過一段苦澀的戀情，也
從不想再為那則故事　因而寫下一首名為〈苦楝樹〉的小詩。
　　　　　　　　　　現在把它一併貼在這裡，就教各位詩友：

苦楝樹

——給忠忠

每一回
天藍藍水藍藍　就
怦怦然憶起為樹的苦悶。

註定了祇能往天上追尋　祇能
往日處雲處空幻蒼茫處追尋
　茁長呵
　茁長！
因為我是一株
苦戀青天的苦楝樹。

幾萬年了　總是傳說　傳說
千山外　天連水水連天
總是傳說　幾萬年了
逝水也愛戀青天。

盼望著
葉被拔去根被砍去皮被剝去
赤裸裸　為
逝水流去　流去
水天一色的地方。

＊原刊於《笠》詩雙月刊，121期，1984年6月號。

面具

你馱著重擔

秘密痀瘻

背影

回首你那

面具帶著的臉頰

皺紋游絲額頂

刀削刻痕

初夏綻放路邊小野花

說不出口的愛

蕊心深深

雨遂落打花瓣

青黃赤白地

碎裂起來

2010 年 6 月 6 日

風箏

用一根絲線　將愛

繫給了風

命運的告白　於是

展開成一張雲

白色的雲呵！

不曾為愛

許下些許承諾

黃昏

霞光燦爛

那隻雲上的

五色蝴蝶　早已

彩繪成

漂泊的一生

2005 年 9 月 19 日

回眸

離這兒不遠。從那座陡峭的
山上，長著一圈橡樹的那座
山上，你就能眺望…
——雪萊（P.B. Shelley,
1792~1822）〈奧菲烏斯〉

携著一彎夢
登上望鄉台
細雨中，故鄉一片
黃橙澄的油菜花田
回眸攬你
粗繭小手
你已化為弱水一油，涓
涓
流逝在
暗夜地底

携著回憶，甜密
走過奈河橋
迷霧中，依門
彼岸持柱杖是慈母
回眸攬你
壯健虎腰
你已化為日誌，一頁頁
墜入暗夜黑河
飄散

携著魂魄
渡過陰陽界
千樹紅花依舊
萬水長流依舊，你已
蛻為新生嬰兒
目瞽耳聾心盲，是我
哀傷唱起
我們的歌，而你
呱呱號叫，用那
開天闢地第一哭
呼喚我

2005 年 6 月 6 日

＊奧菲烏斯（Orpheus），希臘神話中
的歌人。其妻尤麗狄絲（Eurydice）死
後，他到陰間尋找。他以美妙的歌聲感
動冥王，冥王答應他把愛妻帶回陽間，
但在抵達陽間之前，絕對不能回頭看愛
妻一眼。然而，在抵達陽間前的最後一
步，奧菲烏斯情不自禁回頭看了尤麗狄
絲一眼，尤麗狄絲因而消散無蹤。

秋雨

落在白花傘上的眼淚
總忘不了
輕吻你——
因愛痛苦的臉頰
在墜為碎裂的
珍珠項練之前

秋天的雨，往往
訴說冬天的故事
酣醉在憐愛中的楓葉
紅了半邊腮
至於雪，早已在
雲端綺想起來

2005 年 9 月 24 日

碎日

離開你
摘下一朵
金色優曇花
將你
從不說出口的愛
別在襟上
離開你

回眸天梯
億萬階
億萬年了
從你懷裡的曠野
離開
到人間

於是你引天火
自焚
離恨熾燃
灼身哭喊
灰飛
碎裂的魂魄呀
金色
飄在山巔

飄在水澗
飄在草原和大海

拾起一片
金色
從山巔
將它插在胸前
愛的星火還燃燒
拾起一片
金色
從水澗
將它夾在髮鬢
愛的星火還燃燒
拾起一片
金色
從大海
將它塗在眉心
愛的星火還燃燒

魂魄碎裂憶萬年
那朵愛的優曇花呀
燿燿無言
襟上
金色依舊

2009 年 6 月 3 日

月光下，風鈴響起

響起　　　　　　　風中銀光
　　　　　　　　　橫成一幅愛

用月光

片片　　　　　　　叮叮

串成風鈴　　　　　咚

如你紅唇微張

開著　　　　　　　2009 年 11 月 4 日

那朵籬外

微醺醉蝶花

從不敢

允諾

飄泊那片雲

剪下入夢

卻曾為你拾起

墜落

天邊那顆星

那頭長髮呀！

點點

一罈送不出去的老紅酒

一罈老酒

窖底雕花窗口

等待

夕的酡顏

送不出去的

黃昏之戀

殷殷

塗抹紅霞

而月

總愛偷偷爬升

在你悄悄離去的

石階

2007 年 10 月 8 日

落羽杉

只有情斷
才會褪色
真愛已永逝
雙鳥比翼
羽落

滅美
曾是一首歌
哀傷
傳唱山上

相思滿庭園
故人衫影依稀
霜花白枝頭
呼喊
雪
降

2007 年 12 月 22 日

候車

#《等待果陀》：
「夜在無意料時來到，地球上的事就是如此。」

等候樂音　　　　　　　　　等候你
你的手　　　　　　　　　　自剖飄散藍柏香的胴體
輕輕撥弄魯特琴的樂音　　　掏出靈與魂的迷幻糾葛
等候髮香　　　　　　　　　啊，親愛的果陀！
等候飄過牆垣　　　　　　　當黃梔花謝時分
飄過　　　　　　　　　　　你撥弄著魯特琴
黃梔花叢的髮香　　　　　　走過來了嗎？

人與車爭道的街市，曾經　　2007 年 4 月 1 日
我存在過嗎？
鑲鉗雕花大理石的大廈裡　　＊愛爾蘭存在主義劇作家貝
囚禁你的肉我的靈，曾經　　克　特（Samuel Beckett），
我存在過嗎？　　　　　　　著有《等待果陀》（Waiting
曾經，我的存在　　　　　　for Godot）。劇中兩個主角，
存在過嗎？　　　　　　　　日以繼夜地，既無聊又煩悶
　　　　　　　　　　　　　地等待果陀的到來。終於，
　　　　　　　　　　　　　出現一個孩子前來告知：「果
　　　　　　　　　　　　　陀不來了。或許明天會來。」
　　　　　　　　　　　　　兩個主角失望了。但是第二
　　　　　　　　　　　　　天，還是莫可奈何地繼續等
　　　　　　　　　　　　　待。

哭出第一朵白櫻

＊去年春天，David 來不及看到後院的
白櫻盛開，就往生了。今年，立春才剛
過呢，第一朵白櫻就已綻放在枝頭。

忍了兩個冬天的痛

今天，終於在枝頭

哭出聲來

三百六十五又零一日

只迸出一朵

帶雨的小白花

等待雪融

等待雪融後

哭出春的

第二朵小花

2006 年 2 月 26 日

夏至

*夏至剛過幾天。七月七小暑，David 逝世百日。

就這樣

春天被摺疊起來

百寶盒子貼著「夏」的標籤

收藏春天美麗的靈魂

燦爛的微笑呵！

摺疊成一頁頁

而日記，總是

鏤嵌

花與蝶的影子

夏天

漫長酷熱暑氣逼人，來了

淫淫

向我招起手來

2005 年 7 月 1 日

浪花，那朵湧向岬角的戀情

＊那天，遊北濱富貴角，遇上岬角上的一對戀人……

湧向富貴角的戀情

傳唱在

台灣最北端的

燈塔

浪花退去三千里

喚你名字的笑聲

響起在岸邊

依舊

潮去潮又回

愛你

是個永世不悔的

許諾

岩花開遍風稜石

日落浪盡秋水　　泛紅

伊人雙頰

沉醉

2010 年 10 月 10 日

破葫蘆

一抹微笑

碎裂風中

冷雨滴簷沿

逝去的青春

淅瀝瀝

張開小口

吟唱

是否已經

藥囊入江海，為情

為煙霧飄渺的永恆？

生老病死原是夢

夢裡，僅僅

是你——

一只因愛碎裂的

破葫蘆

捷運淡水線

竄出長串呼嘯
從乾涸的台北湖底
鹽的海浪
醃熟了淡水的
晚霞
天邊一片
玫瑰紅的羞澀

翻騰高中女生的
一群吱吱喳喳
車箱裡
憂鬱少男的紅圍巾
戲弄起
左搖右擺的藍布鞋

回眸是
紅樹林站
懾魄的眼神
來不及拎走的男人味

隨風，從空蕩的座位
飄起

青澀的冬日微笑呵！
卡在車門的細縫裡，緊緊
向我
溫暖地
招手

山上來的孩子

——給 Dullai

摘一朵胡子送我吧！
從雪溶的山上
摘一朵粉蝶蘭送我吧！
當五色鳥靜靜
佇立在
水鹿的背脊上

當小米酒釀醇了青春
酣醉出黛綠一片
你壯濶的肩和胸呵！
橫臥成一幅山景

摘一朵夏枯草送我吧！
你——
山上來的孩子
當秋風吹起
雪的綺想
輕舞在
一千五百公尺高的
山巔上

2006 年 10 月 2 日

雲

僅僅一片
在天空
記錄
你的純藍與純青

幾十年了
童貞早已給了
風　和因風
萎落的素馨花

記否
盛夏的戀情
曾印在唇上
用雲
包裹你的
藍青

2006 年 7 月 29 日

Ubike 1
——寫給那個既熟悉又陌生的路人

駛過眼簾的微笑

綻放

Ubike 揚起的髮香

這不是一個陌生的城市

你的臉龐

卻消失在

你那吹響的口哨聲中

黃昏的霓虹

閃爍

才剛亮起的街燈

熟悉的那首戀歌呵

總是 ending 在最後一句歌詞：

卿卿

請問　你那

飄著藍柏香的名字？

2014 年 4 月 30 日

Ubike 2
——寫給那個既熟悉又陌生的路人

盼望著

你

叼著一朵梔子花

騎過我身旁

已經熟悉的體香和花香

無奈

分析不出你的名字

彷彿百日青和水冬哥都開花了

彷彿行道樹上的知更鳥唱起歌來

彷彿星和月都醉入霓虹燈裡

這不是一個陌生的城市

哦，你那沾著夜露的名字

可否烙在我的心裡？

2014 年 5 月 9 日

七夕蟬影

以為你　　　　　　　陳封的記憶

不來了　　　　　　　你來了

今年　　　　　　　　今年

月兒彎彎的　　　　　在月兒彎彎的

七夕　　　　　　　　七夕

去年　　　　　　　　2006 年 7 月 29 日

你把戀情

埋在蛹裡

讓叫聲

隨風飄去

因愛織成的

繭羽

斷落成

繽紛的

月橘花瓣

許是

牛郎織女的淚水

喚醒了

三月櫻白

＊院子裡，那棵孤獨的吉野櫻，開了……

驚日
無雨無雷
原來
即使白雪皚皚
都震懾於你
三月
綻開的
那一身
冷

剖開胸腔
搗血心為紅漿
垂淚
塗你
破碎的身體
於是
那一絲紅
暈染飄落的
花瓣燿燿

2011 年 3 月 13 日
＊刊於《有荷》12 期，2015 年 2 月

大年初二
——給阿瑞

我說寒冬的戀情是苦
你說寒冬的戀情是美
是簷角帶雨的風鈴
是籐上熟黃的百香果
是節慶裡幻成五彩的煙火

那就
燃一串
大紅大紅的衝天鋒炮吧！
在節慶的大年初二
有雨自我淬淚的右頰滑落
左頰是你
是你溫暖的笑靨

1995 年大年初三 · 台北

不一樣的月光
——給軍旅中的忠忠

依舊是午夜電視台的收播新聞
　　以色列和阿拉伯
　　不休不眠的戰爭
依舊是喜仔嬸的大兒子
　　訴說兵營裡的師對抗
　　（殺！殺！
萬惡的敵人倒下了！
連上的弟兄倒下了！）
依舊是阿桐伯的三女兒
　　唱呀唱的唱過東小巷
　　（淡淡的三月天
杜鵑花開在山坡上
杜鵑花開在小溪旁
多美麗呀
啊！啊——）

不一樣的月光　彎彎的
彎彎彎彎的溜過菜花園　照在
印著碎花仔的窗簾上
　　（淡淡的三月天
杜鵑花開在山坡上

杜鵑花開在小溪旁……）
不一樣
不一樣的狂濤　海呵
海一樣的
　　（骨海一樣的　魂海一樣的）
魂海一樣的　在心裡翻攪
　　（野號　花狗跳
以色列的壯士　阿拉伯的壯士
——即使是壯士
竟也
一
個
個
倒
下了！）

有淚自我三月的臉頰　游擊隊般
爬過　一滴滴　凝成你那
龐大黝黑的笑魘　在這
不一樣的月光下。
　　（淡淡的三月三天
杜鵑花開在山坡上……）

＊原刊於《笠》詩雙月刊，121 期
　1984 年 6 月號

是否李花盛開？

——給 Dullai

告訴我

山上孩子的良善俊美吧！

疊起如詩的

石板屋前

唱歌的老婦人

當口簧琴的琴音

在妳嘴邊響起

我以虔敬的心

祈求妳：

告訴我

小米田裡

是否李花已經盛開？

2006 年 10 月 4 日

去吧！愛人！
* David 逝世前幾天，一隻白文鳥飛來，又飛走了……

曾經口啣　　　　　　去到

多生多劫的回憶　　　愛為流泉

來到身邊　　　　　　恨是清風

在那百花綻放的初春　情是水月

曾經顧盼著你　　　　仇為鏡花的

迎旭日汲清泉　　　　地方

當莿桐花開的時節

那隻白色文鳥　　　　2004 年 8 月 26 日

畢竟還是

飛走了

左翼載著愛右翼載著恨

就讓

天地為屋宇

白雲為衣裳

綠樹為被褥

去吧！啊！

愛人！

竹簫

——遙寄惠城弟

諾大的夜市　一支
小小的
竹簫　靜靜
囚在
小販的担子上。
還來不及吹響　就已然
心戚戚而
淚成行了。

不敢回首
（在這離別的夜晚）
不敢回首　回首為那
嗚咽的竹簫贖身
祇因傳說中
那是汲血的精靈。

傳說中
（在這離別的夜晚）
風寒雨寒。
傳說中
汲血的竹簫
勾魂攝魄
凝為句句嗚咽。

而今
千山外　千聲
簫聲化作千聲呼喚
一聲聲是你　是你
憂傷的名字。

那名字呵！
嗚咽在
每一個別後的夜晚
牽引我
重回古老的夜市。
諾大的夜市依舊
小販的叫賣聲依舊
寒雨寒風依舊
已然
那小小的
竹簫不復存在。

臉上爬行的是
寒風中的寒雨
車行茫茫　人行茫茫
再也分不清
左頰是雨水　或
右頰是淚水了！

＊刊於《文星》112 期・1987 年 10 月

鐵軌

兩條絲弦
牽引你
遠去的笑靨
來不及啼哭出來的
思念，掛在
月台號誌燈上

曾經
你是偶然的左弦
右弦則是我的永遠
對望彼此
平行的思想
而戀情，總是
交叉在遙遠的
地平線上
聆聽汽笛的呼嘯

2006 年 6 月 20 日

從不曾傾聽你的歌聲

——獻給 David 的英魂

從不曾傾聽你的歌聲，去年

當石板菜的黃花未開

白櫻還含苞待放

從不曾傾聽你那

翻攪在心底的歌聲

今年

你的歌聲終於湧出心底

用魂魄

用拂過靈骨高塔上的

風和雲

拂拭埋在塵埃中的吉他

撥出流浪的琴音

終於我又聽到你的歌聲

用皚皚白鬚茫茫蒼髮

2015 年 11 月 27 日

在雙叉埡口等你

那裡雲飛著
在腳跟
在相思樹林的花與花間

在相思樹林的花與花間等你
那裡
你曾回眸問我：
「為何
你的笑聲
像那蓼花叢裡的翠鳥
啼叫？」

我在雙叉埡口等你
那裡雲飛著
當相思樹林
開滿黃花的季節

2012 年 8 月 31 日
＊刊於《笠》雙月刊 292 期・2012 年 6 月

芒花

那年
春雨落在門外
草原上
你跨馬回眸
等待冬天
等待今天冬天
你下諾言
一句
我將回來
看你

半個多世紀
下過了
那冷冷六十場初雪
而今年
初雪未下第六十一場
鏡裡
山景反照
窗外歸路白茫茫
啊！那是我
久未梳理的
鬢髮

2010 年 12 月 20 日

走著我們走過的小路

走著我們走過的小路
那條開滿
白色裂緣花的山徑
「花開花謝本無常。」
曾經
你拾起一朵
萎落在地的山芙蓉
像尼連河畔的悟道者那樣
輕聲對我說
而那片
掛在樹梢上的紅葉
隨風
飄落燿燿

聽說天國的天使
總是唱著希望之歌
那就點燃窗前紅燭吧！
在今夜
將那封寄不出去的信
焚燒給你

2014 年 1 月 16 日
＊尼連河，釋迦修行、悟道的地方。

你躺在藍柏樹下唱歌

你躺在藍柏樹下唱歌

天還大亮

你說

你是一隻攖雲掣電的鷹

你躺在藍柏樹下唱歌

夜半了

你說你是一隻

等待天星墜湖的夜鷺

而你躺在藍柏樹下唱歌

一億三千七百年了

你翻遍大滅絕時的日誌

胸前拉鏈拉不開

你右心室的血小板嗶啵沸騰

左心房卻緊緊反鎖

將奧祕深埋在

那片白堊紀遺下的菊石

2012 年 2 月 1 日

你離去的腳步

你離去的腳步 　　　　右手

匆匆 　　　　　　　　伸

而春天 　　　　　　　出

時晴時陰

時雨 　　　　　　　　捕捉你

　　　　　　　　　　遠去的跫音

你曾折瓊枝

插我襟上 　　　　　　2012 年 9 月 8 日

曾拾桃紅　瓣瓣

灑我髮梢

你曾停下離去的腳步

回眸

對我微笑

在濛濛春雨時分

而此刻

我來寫一首短歌

送你

用左手

四月之歌

該是第幾回了　　　　　　輕輕
杏花開在枝頭　　　　　　拂過我
四月微雨　　　　　　　　起風的心
傳說
天仙降鸞的　　　　　　　2008 年 4 月 8 日
季節　　　　　　　　　　＊刊於《有荷》12 期・2015 年 2 月

那朵雲彤
紅透
羞澀臉上
微溫
而耳鬢
存封我
付託給你的
吻痕

於是
牡丹開遍
後花園的秘密
摺著微笑的花襯衫

返郷 2012 布 油彩 33×53cm

白櫻紛飛

＊《莊子・齊物論》：「昔者莊周夢
為蝴蝶，栩栩然蝴蝶也⋯⋯」

原來
你已化為蝴蝶
莊周夢
總是白裡透紅
昨夜一場雨
驚蟄日
你的愛
催響一聲春雷

曾經持團扇
入你夢
輕撲栩栩身影
曾經掬雲瓣
覆你
霞紅臉頰

而此刻
剪你朗朗笑聲
藏我衣袖
當你
飄落紛紛

2012 年 3 月 5 日・驚蟄

伊的笑魘

＊石頭希遷禪師：
　「寧可永劫受沉淪，不從諸聖求解脫。」
　　　　　　　　——（《指月錄》卷5）

浸泡在你的愛裡

如蜜心甜

江海風狂浪高

菩薩慈舫

羅鬼國回航

千眼不見眾生悔愧

千手怎救得慾海凡情

諸聖之道路迢遙

崖深

山高攀登豈能

誦經不為做師祖

不願成佛

只因深墜伊的笑魘

佛說劫火洞然

大千壞時

色空

空亦復空

寧可永劫受沉淪

不從諸聖求解脫

2012 年 10 月 5 日

我又聽到你的歌聲

＊David 逝世已近一年，卻常常想起
他的身影，聽到他的歌聲……

我又聽到你的歌聲
在花間，在林下
在細雨輕飄的山路
原來，你不曾走遠

我又聽到你的歌聲
藺草叢裡
山苦的紫花正盛開著
你的歌聲，在溪畔
在鷺鷥白皚皚的翅羽上
原來，你不曾走遠

你不曾走遠
我又聽到你的歌聲
在青葙草
帶雨的紅色花蕾上

2015 年 11 月 26 日

原來你還在唱歌 —— 楊風情詩選

100

David 2011 布 油彩 50×60cm

曾經你是一條溪河

* David 逝世週年，來到他家附近的
士林雙溪河濱公園……

曾經你是一條溪河

橫躺成我心中的記憶

悠悠溪水呵！

昭告你的清澈

鷺鷥白似雪

輝映起

我的純情

烏秋唧花而飛

哀哀啼叫你

春天的名字

曾經你是一條溪河

我用溪花編織

一首傷心的情歌

在記憶中

唱著

2006 年 4 月 8 日

原來你還在唱歌 ── 楊風情詩選

David 2009 布 油彩 70×100cm

吉野櫻

＊院子裡的白櫻開了，原來你已離開三年⋯⋯

原來

你已綻放成

一樹潔白

蛙鳴深院後

寫著

雪溶花瓣的故事

唱在

雷鳴嗚咽時分

一首歌

懸掛

朵朵希望

往生咒的音符

伽彌膩伽伽那

枳多迦利娑婆訶

2008 年 3 月 29 日・David 逝世三週年

原來你還在唱歌──楊風情詩選

寺楓

──給小名寺楓的小翔

為愛轉世的靈魂

寺裡青燈下

擊磬誦咒的梵僧

借問祖師西來意？

你說：

柏樹下

長青的戀情已頹

你是寺前

一株楓

2006 年 6 月 19 日

＊《指月錄（卷 11）‧趙州從諗禪師傳》：
「有僧問：『如何是祖師西來意？』師曰：『庭
前柏樹子。』」

海波浪

浮沉天與地

拍岸

故鄉風

浪狂傷悲

笑靨風帆滿

起伏

海水藍調

髮亂雲灰

滾滾

舊時光

浮沉生與死

大洋鏡碎

鏡裡浪白髮蒼

鏡外情殤

風殘

狂歌壯雲天

鬱鬱

依舊岸山

2008 年 8 月 9 日

月影　2012　布 油彩 120×120cm

一片葉子往往

一片葉子往往是旅人的鄉愁

一片葉子往往是乞者的絕望

一片葉子往往是深秋的枯黃

而當摯愛已逝

倩笑埋在土裏

一片葉子

往往先於寒雪而飄落

2004 年 5 月 14 日

蓮葉　2011　布　多媒材 53×73cm

夜的吮吸

夜來香的香氣四溢了
悄悄滲入
每一個出汗的毛細孔裏
靜靜的夜呀！
靜靜吮吸你
吮吸你
黝黑碩大的胴體

那魂魄
被熾熱雙唇吮吸的
魂魄
興奮地
飄出來了
飄出你的喘息
飄出帶著藍柏香的汗水
飄出滿滿一腹肌的壯美

而夜來香依然盛開在微風裏
白皚皚的
以整整一個夜的愛

2004 年 5 月 13 日

湧　2008　布　油彩 45×60cm

夕日

——給小翔

大半的愛

給了海

雲，笑成五彩霞光

搜括了所剩無幾的戀情

你說

我是晴空上

逐漸老去的

一片藍

暗淡得無法承受

你灼身的

回眸

傳說

黃昏的戀人

總是

等待著

滿天星星

2006 年 6 月 13 日

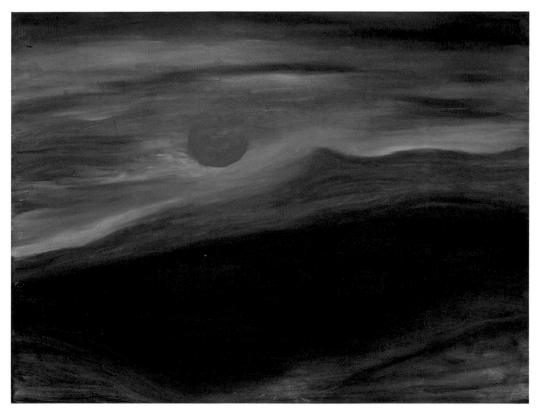

九份夕照　2008　布　油彩 50×65cm

走過春天的雨漬

春雷乍響在驚蟄
流逝了
謝落川水中的櫻紅
風雨綿綿
催醒初開的櫻

那年
也是春雷乍響季節
你手彈魯特琴
來到我窗下
「春天的花
　是多麼的香……」
嘹亮地
你唱起歡樂的歌

走過春天的雨漬
細數你髮上
那串珍珠般的雨滴
等待
等待你回首
濕漉漉　迸開
那浸潤著春雨的
微笑

2015 年 3 月 23 日

彼岸花 1

一朵辛酸
裂瓣
等待在
忘川河畔
彼岸
炎焰旋舞
炙焚靈魂
孤身

墜入千年哀痛
死亡奮力攀爬
幽冥洞口
凝眸
輕喚你
潸潸淚下的
深情

烏雲蠶食
葬禮青天
伊的相思
披著麻衣
哀哀
飄揚

別在髮梢上的
那隻綿線蝴蝶呵！
正以永世慘白
振翅
哭出你渾身
豔紅

2007 年 6 月 18 日

＊彼岸花，日本人對紅花石蒜的
稱呼。紅花石蒜，又名龍爪花、
老鴉蒜、蒜頭草、平地一聲雷
等。佛典中，則稱曼珠沙華，譯
大柔軟，大赤團花。
傳說紅花石蒜原陽間之花，了要
安慰亡靈，發願墜入地獄，卻被
看守地獄的鬼神趕了出來，只許
長在通往地獄的幽冥路上，特別
是生界和冥界的分界河——忘川
的河畔。紅花石蒜因而被稱為彼
岸花。忘川河畔的彼岸花，傳說
盛開一千年，萎落也需一千年。
而忘川上有座奈河橋，橋頭坐著
一個老婆婆，名叫孟婆。亡魂必
須喝下孟婆所熬煮的湯水，忘掉
前世的恩愛情仇，才能過橋來到
陽間投胎。

彼岸花 2

看罷生離死別
川水流潺潺
你遂謫為
一株
川畔彼岸花

前世為你墮地獄
閻王十殿
勇闖
上刀山下油鍋
凌身
寒冰和沸屎

而今彳亍奈河橋
尋你生界百千回
怎奈你那
燦爛的微笑呵！
已然
　遺
　　落
　　　在
忘川

2012 年 12 月 16 日

原來你還在唱歌　——　楊風情詩選

彼岸花　2010　木板　油彩 32×56cm

倒影

原來

你的前世

正是

我今生的倒影

髮梢上

那株曲芒草

已然漂泊池中

花紅水藍

記憶

總是愛唱那首歌

傷心一闋古琴曲

滴答

夜雨蕉窗

浪蕩

唇紅波吻在左胸

而右胸

半扣還開襯衫花格子

參差那曲

琵琶普庵咒

無緣禪機悟入無生

這落雨初春

戀戀梔子花香

我來牽你冰冷的小手

彳亍來世路

荻花漫漫

綻開

2011 年 4 月 12 日

夕日（2009）布 油彩 50×90cm

五色鳥

該是貝葉千卷裡的哪行經句？
該是幾個蒲團坐破？
萬萬燈下密咒聲
那花和尚
磬聲木魚
叩叩
問著

許是劫前那聲想你
讓繁花五色
綻開
簇簇
纍纍結實

而你紅喉情深
啣起愛的菓子輕輕
穿梭
林間梵唱清響

2009 年 8 月 9 日
＊花和尚，五色鳥的別名。此鳥頭與喉部，長
有黃、紅、藍、黑等色羽毛，身體則為翠綠色，
因此稱為五色鳥。而叫聲像是和尚敲打木魚
的聲音，所以又稱花和尚。

五色鳥　2010　布　油彩　60×73cm

春雨

總是在拉開窗簾前
下了起來
還來不及喚你
你的名字　溼漉漉
就已下在心頭

也是細雨綿綿
去年春天
白櫻初綻桃紅樹旁
三月琵琶弄
你的深情　叮咚
四條絲弦

怎能忘
「杜鵑花開時
我會回來看你。」
曾經
你許下的誓言

2014 年 4 月 9 日

春風

曾經
你吹綠過多少荒草？
水丁香，羊帶來，冇骨消，
圓錐小黃花序的看麥娘
曾經
你吹紅過多少野花？
苦檻藍，馬齒莧，石蓯蓉，
纍纍橙紅菓子的懸鈎子
曾經
你吹醒過多少遊子？
當寒雨後晚霞滿天

當香唇吻醒希望
你——
水淥淥的跫音，和著
夢中故鄉的鴨叫蛙鳴，輕
輕
響入我
忐忑的心坎

於是，整整一年的花朵
豔紅地綻放開來了！

誰說江河不曾倒流？
誰說風抵不住雲喚不回？
誰說
紫藤花下埋葬的串串記憶
永遠闇淡？
當春風再起
你琥珀紅的雙唇，就會
輕輕唱起歌來

2005 年 2 月 19 日

秋水

那彎秋水
淙淙
呼喚你的名字
那年
我們都還年輕
你背著行囊
說要去流浪
楓葉
染紅你遠離的
鄉間小徑

五十年了
你憂傷的名字
漂浮在
每一朵流逝的
浪花上
秋水淙淙依然
兩岸楓紅依然

2013 年 11 月 14 日

秋水　2010　布　油彩 40×100cm

肖像畫

——給子旭

你的肖像
微笑
在椅上
娓娓
讚嘆著梵谷畫風
我卻提起畢加索的畫筆
臨摹你
左頰的立體
依然
你的右頰
唱著印象主義的戀歌

立春日
窖藏一季的冬天尾巴
被截斷了
但雪還下著
染白我的畫布
你的肖像　依然
殷殷
在椅子上
對我微笑

2013 年 2 月 4 日・立春

子旭　2012　布　油彩 50×60cm

我來為你歌唱

——寫給病榻上的子旭

整整
釀了一星期的淚水
終於
爬落臉頰
當 CD Rom 的音軌
叮叮
協奏起
巴哈的古鋼琴曲
我來看你
在病榻旁
在插滿香水百合的綠瓶兒旁
我來看你
看你將蒼白抹在唇上
把癯瘦掛在胸前

從負壓病房的碎花窗簾
晨光
幽幽捹了進來
我來為你歌唱
歌唱那首
慢板 G 小調歌曲
「那年——
那年初夏

越橘花兒開滿山巔
你曾為我歌唱」
我說

終於
你雙眼睜開
那微微的笑呵
像青葙花
像青葙花那樣
燦爛

2012 年 7 月 4 日

我願化作一隻翠鳥
——給子旭

總是思索著如何化作一隻翠鳥

飛到你窗前啾啾鳴啼

或是化成一朵粉條兒菜

開在

你

憑欄

遠眺的地方

看你托淨瓶

吟出一首絕句

看你持長劍　舞皺

一潭清水

看你飛成一隻鳶鳥

佇足崖上那株松

捫天摸日吧！

邀亂雲為友

飲風

唱出那曲流浪者之歌

2012 年 7 月 13 日

往事

——寫給墜機失事的少年愛人

總是從鍋底翻騰上來
這鹹粥
餿了一夜
蔬菜已爛黃
也許那幾條五花肉
還殘留一點鮮味

那些年
我們還青澀
青澀得還掛在樹梢
那兩粒翠綠棗子
你穿上戎裝
說要駕著戰機 F4
翱翔藍天
「凌雲御風去
報國把志伸」
你唱起雄糾糾的軍歌
「遨遊崑崙上空
俯瞰太平洋濱」

而那鍋過夜的鹹粥
翻騰在心裡
火辣辣

那遊走餐桌上的夏日
朝陽

2013 年 8 月 13 日 ‧ 七夕情人節

思念的長度

總是以思念的長度
丈量走過的小徑
昨夜
相思林裡的夜鶯
鳴啼
腳步的踟躕
月銀滿樹梢
舞弄
林外那株紅楓

那彎漂流枯葉的秋水
怎量得出
思念的長度

2013 年 11 月 20 日

秋色

那片紅
喋喋訴說
對你的思念

那年
也是楓紅季節
你跨上機車
離開
一片紅葉
落在你的牛仔褲上
那破舊的牛仔褲呵
裂縫在膝蓋
悠悠
對我開口微笑

從不曾忘記那片紅
才一轉身
就發現
夕日已落入
你遠去的
山的
那一邊

2013 年 9 月 18 日

夏雨

這夏雨

急得像你的離去

紅霞還來不及收起笑靨

你就背著行囊

跨馬而去

響徹開滿紫丁香的草原

那馬鈴

叮叮

交響你那

漸行漸遠的歌聲

相思滿淚眼

有雷聲

自天邊雲隙

轟隆隆

笑了開來

2013 年 7 月 9 日
＊刊於《掌門詩學》69 期，2013 年 8 月

原來你已化作一盞花燈

*去年元夜時，花市燈如晝；月上柳梢頭，人約黃昏後。
　今年元夜時，月與燈依舊；不見去年人，淚溼春衫袖。
　　　　　　　　　　　——宋 · 歐陽修——

原來
你已化作一盞花燈
寺裡
元宵夜
香火裊裊
春雨寺外
綿綿

去年
你以花燈點亮希望
將愛別在胸襟
月光一片片
那朵向我微笑的
五瓣之椿

而今年
桃紅早開
淚水滾落那首

哀傷的歌
元宵夜
原來
你已化作
一盞雨中的花燈

2014 年 2 月 12 日

原來你還在唱歌

原來你還在唱歌

所有的山都沉睡了

風鈴花垂下枝葉和花朵

你卻依然

在緬梔樹下唱歌

原來你還在唱歌

水聲和琴聲都止歇了

你呦呦

依然唱著歌

昨夜

愛的最後樂章

已然寫下休止符

月亮西沉了

星星卻還閃亮

原來

你依然在我窗外唱歌

2012 年 3 月 1 日

送你一朵黃蕊百合花
——給喜歡百合花的子旭

往年
曾與他人共渡情人節
而今年
霞紅紅滿天
我要送你
一朵
黃蕊百合花

聽說嶺上的積雪溶化了
所有的山都醒了
所有的澗水都湍湍而流
而青鳥
青鳥總愛立在崖上鳴啼

看你的胸腔呼吸著起伏
那六塊小丘般的腹肌
我來摘下
摘下那朵雪色黃蕊百合花

2012 年 2 月 14 日‧情人節

帶著吉他去流浪

＊哀游子煢煢其無依兮，在天之涯。
　惟長夜漫漫而獨寐兮，時恍惚以魂馳。…
　　　——弘一大師〈夢〉

帶著吉他去流浪
翻過高山
穿過叢林
彈給風聽
彈給雲聽
叮叮噹
阿爾罕布拉的紅色回憶
展開了

身跨駿馬
手持彎刀
口誦古蘭經：
「以清晨出擊
捲起塵埃
攻入敵營的馬隊盟誓…」

猶記得
你馳騁荒原

摘芒花
插我襟上

而我鬱鬱吟唱：
「哀遊子煢煢其無依兮
在天之涯…」

帶著吉他去流浪
翻過高山
穿過叢林…

2012 年 8 月 9 日

＊《阿爾罕布拉宮的回憶》
（Recuerdos de la la Alhambra），
知名的古典吉他獨奏曲。西班牙
作曲家、吉他演奏家——泰雷嘉
（Trrega，1852-1905）的作品。
阿爾罕布拉（Alhambra），紅色
宮殿的意思。該宮由西班牙奈斯爾
王朝（Nasr Dynasty）、信奉伊斯
蘭教的穆罕莫德一世（？-1273）
所建，由於穆罕莫德一世被稱「紅
人之子」，這座宮殿因此命名為
「阿爾罕布拉」——紅宮。

Tombe La Neige

＊夢見你在街角唱著 Tombe La Neige…

那哀傷的歌聲

彎蜒

在街角

Tombe la neige

下雪了

Tu ne viendras pas ce soir

今夜

你不會來

迷濛霓虹燈

電動門

便利商店唰唰開和關

襤褸流浪漢顫抖 縮瑟

那條癩痢老病狗

Tu ne viendras pas ce soir

今夜你不會來

天國

不知今夜下雪否？

2013 年 9 月 25 日

＊ Tombe La Neige，譯為【下雪了】，
法國香頌歌手 Salvatore Adamo 1960 年
代的代表作。" Tombe la neige. Tu ne
viendras pas ce soir." （下雪了，今夜你
不會來）是歌詞中一再重複的兩句。

尋你

聽說初夏的黃鸝鳥來到窗口唱歌了

聽說山還醒著而夕日下的湖水泛紅

我來尋你

尋你熔入在你眼眸裡的燦爛晚霞

聽說相思樹林的黃花盛開了

太極的兩儀初分天和地

宇宙大爆炸後

織女星正亮

銀河系裡

群星流失在宇宙的膨脹中

我來尋你

在茫茫星海裡

尋你斷折了的那片星芒

2012 年 5 月 30 日

等你
——給子旭

暴雨打碎你送來的
那朵百合花
但還亮著
那盞
點燃在你胸口的小燈
而當雨絲築起一張罟網
甦醒了
終於
那沉睡多時的
前世因緣

前世
你曾牽我小手
走在濱海的綠色隧道
你曾承諾送我一朵小花
一朵用愛灌養的小花

我們曾窮過
在前世

曾踟躕繁華街道
沿門乞討過
我們曾衝刺在沙場
曾摘野花
撒在同袍的屍體上
我們曾
相視不語相擁啜泣過

而今世
終於
你帶來一抹愛的微笑
在這暴雨肆虐的時刻

2012 年 8 月 3 日

＊刊於《笠》雙月刊 303 期
　2014 年 10 月號

曼特寧咖啡

喚起半杯

曼特寧戀情

熟悉咖啡香

唇邊飄來對桌

少男微笑

窗外

水芫花

如霜似雪

記憶殘慟

不願回想

陽光的顏色

灼熱

曾是焚身烈愛

印刻

古銅色的

靈魂

2007 年 4 月 29 日

提拉米蘇

——那天，和子旭在丹提咖啡館⋯⋯

總是想起
你唇邊那抹微笑
在 'O sole mio 的歌聲中
甜甜提拉米蘇
橫臥成鑲花磁盤中的
一嶺高原

驚日
雨比繁縷花還濃
聽說太陽鳥
翻越
大草原
會把陽光帶到窗前
那就養一隻吧！
哦！親親
我的提拉米蘇

2013 年 3 月 8 日

曾經滄海

＊唐‧元稹〈離思〉
曾經滄海難為水，除卻巫山不是雲；
取次花叢懶回顧，半緣修道半緣君。

曾經滄海
大湖長河皆非水。
而巫山，飛越奇巖險峯，
飛越啼不住猿聲的
四月的
巫山
風，總是夾帶著
滿滿思念的雲雨。

參差紅和綠
那株珊瑚藤，芽葉
春意盎然，正殷勤
試探著我
對你的
貞潔

飄泊吧，愛情！
隨巫山雲，隨
滄海水
冷冷，冷冷——

2005 年 4 月 20 日

143

最後那朵野百合

盛開了

夏末

那朵最後的野百合

在水濱

在你揮手告別的水柳樹下

而船已離去

風帆颭蕩　唱起

異鄉

哀傷的歌

聽說明年初秋

當渡船回航時分

你會在岸邊

在那棵水柳樹下

摘下最後那朵野百合

清香縷縷

等我

2012 年 10 月 2 日

＊刊於《掌門詩學》69 期，2013 年 8 月

遊走在你的腹肌上

遊走在你的腹肌上
猛回首
才驚覺
愛已在你微凸的臍眼
流失

彷彿又聽到噗吱昨夜
那汗流額角的聲音
而戰爭才剛開始
在你面具下
我找到
被炮火碎裂的
一串笑聲

春風總是太晚拂吹
冬天卻提早到來
戰火還酣
楓香了頂
僅僅留下一片紅葉
寫著：
停戰吧！
哦，親親！

2012 年 2 月 18 日

浪

潮來擁你入懷
潮去帶走你串串笑聲
浪花哭喊漁火
再遠的船都要回航

而你
浪跡海角天涯的遊魂
會返家嗎？

2015 年 8 月 29 日

紫花

許是我憂鬱的歌聲

缺乏一絲熱情

熾烈戀情裡

少畫一幅

雲開霧散的青天

於是你植一株長穗木

半紅半藍在山澗

聽說我將夢見

一串小花

紫靛靛

開在初秋

那年

你離我遠去的海邊

2011 年 8 月 21 日

給子旭的十四行詩

冬日溫煦的朝陽下
拾起昨夜
你遺落一地的微笑，片片
插我髮梢

彷彿春花就要開了
雪降過後
每一個鳥鳴的清晨，朵朵
開我窗前

曾經
你說過
百合是最美麗的花朵

而那百合終於開了
依舊是你
溫煦的微笑

2013 年 1 月 26 日

街角

傷心傳來　　　　　那攤
街角　　　　　　　濺起霓虹燈的積水
CD 店裡　　　　　喜孜孜 RGB
那首熟悉的　　　　臉上雀躍
戀歌
轉彎處　　　　　　浪蕩塵囂慾海沉
記否　　　　　　　回首
戀人呵　　　　　　檻上
咖啡店裡　　　　　花開花謝六十年
那杯　　　　　　　不能忘
忘了添加奶油的　　斤餅老店
卡布奇諾　　　　　那面腿色的
　　　　　　　　　招牌

牽你手
曾經走過
飄落鳳凰花瓣　　　2011 年 6 月 20 日
紛紛的　　　　　　＊ RGB，三原色：紅、綠、藍。
紅磚道上
戀情大花紫薇樹上
綻放
暴雨六月

愛情花

院子裡的故事
早已
化為傳說
一則古老的傳說
竟被撐起
綻放成
一朵愛情花

總是等待
等待在
含笑花開時
敷放成
花瓣千蕊
蕊心裡的戀歌
怎忍
停止傳唱

2014 年 6 月 25 日

愛情終於來了

酒香四溢
從甕底
就這樣
愛情終於來了

當櫻白映紅了桃紅
愛情終於來了
從浪與浪的細語之間
就這樣
大海長嘯
為何
愛情來了？

愛情來了
從你輕輕鎖著的唇與眉
就這樣
愛情終於來了

2012 年 3 月 12 日

鞦韆

大約春天
明年
擺盪而去的愛
蹄音躂躂　將會
再度響起

你那
鑲了金邊的諾言
總是帶雨帶風
在我鬢邊
細訴
秋去春來
春去秋來的
故事

2007 年 8 月 24 日

邊境戀情

才一伸手

就穿過邊境

你熱烘烘的唇吻

遂印滿

我的掌心

半身愁緒半身愛

異國的風

翻過青楓樹

紅了桃花綠了垂柳

猛敲你的右心室

是我忐忑的左心房

邊境的戀情

倏忽

熾燃起來

2013 年 10 月 22 日

雕刻
——給強，為那已經遠逝的愛情

每一鑿痕都深藏著恨

千百個日子竟塑成這寂寂不動的檽木！

不知風從那裡來，雨從何處去

愛從那裡湧出，淚從何處流起

每一次琴聲自淚水淥淥處泛出，就猛然記起

葉已凋花已謝了！

曾經以千隻蝴蝶的繽紛，唆使歌聲

纏繞青山，化做皚皚白雪

曾經醉飲萬年醇酒，乘上春風

遍拾歡笑，插在殷紅桃花樹上

曾經是呼恨喚愛地活過

當微笑還像紫花般開放

星星還亮在眼裡，鄉雲還盤在髮上。

而此刻

我以利刃鑿刻渾身的悲痛

讓亙古不滅的恨血流滿人間！

＊刊於《笠》雙月刊，52 期，1972 年 12 月

總是

總是醉臥草原
那片寂寞和荒涼
總是想起你──
那因風刮傷的臉龐
笑靨飄搖
碎落枯葉片片

而芒花也謝了
牧人的笛聲已遠
總是跨馬狂歌走千里
千里外
春思依舊
霞紅燦爛依舊
襟裡
臨別時
你塞入的繡花手巾
依舊

2012 年 9 月 26 日
＊刊於《台灣現代詩》36 期，2013 年 12 月

說好要在櫻花林裡等我

說好要在櫻花林裡等我
去年
當五色鳥叩叩鳴叫
你捲起衣袖
遍拾紅櫻花瓣
說要釀酢滿滿一罎愛
送給我

而今年
我彈著魯特琴
來了
不能忘
不能忘
說好要在櫻花林裡等我

彷彿聽到你的歌聲
在遠處
雪は降る　あなたはない
在櫻紅彎彎

轉折的小山徑

拾起一片紅花瓣
想起去年
你回眸深情看我的模樣
才知道
那朵朵紅櫻
原來是你臨別的眼淚

2012 年 2 月 7 日
＊「雪は降る　あなたはない」，
日語歌【雪降】歌詞第一句。

影子

都說不再想你了
你的影子
卻藏在手帕裡
那條你送給我的
回憶

怎的
又唱起歌來？

2014 年 8 月 26 日

都說蝶的翅膀已斷
你的影子
卻藏在花蕊裡
那叢
你曾告訴過我的
秘密

而當枕子遺落在地
你那藏在枕下的影子
趁著黑夜
俏俏爬進夢裡

揮不去的記憶呀

滴落在深秋的眼淚

滴落在深秋的眼淚
化成一首詩
那首訴說戀戀風塵的詩
仄仄迴旋平平

斷臂的維那斯呀！
再也提不起那——
僅僅
半兩重的愛情

2014 年 10 月 17 日

說不出口的「我愛你」

將那句說不出口的「我愛你」

掛在窗口

風把「我」吹去

又把「愛你」吹去

而楓葉都紅了

遠山也下了幾場冷雪

等待

等待明年櫻花盛開的季節

當春風再度吹來

你會知道

我還在等你

2015 年 4 月 22 日

圍巾

那條殘留你味道的圍巾
那年
風颯颯
雪落在松上

那年
雪落在松上
你取下圍巾
圍在我的脖子上
然後背著行囊
跨過馬背
騎過山巔

而今年
殘留你味道的那條圍巾
圍在我的脖子上
依然
松下
等待那場降落山巔上的
初雪

2014 年 11 月 28 日

圍巾 2011 布 油彩 73×120cm

焚

——給愛黑的忠忠

如果愛山　　就愛山的雄偉

如果愛海　　就愛海的壯濶

如果愛那川水　　就愛那川水

不停呀不停地流。

如果紫不夠永恒　　綠不夠豪邁

藍不夠勇健　　就去

追尋那黑！

於是你引天火自焚

眉也焚　　也焚　　皮肉也焚

耳也焚　　鼻也焚　　肝腸也焚。

青不見了　　黃不見了　　赤與白不見了

在那天際密雲處　　惟見

一顆狂喜的心　　冉冉浮升

那般黑　　那般黑！

＊刊於《笠》雙月刊，121 期，1984 年 6 月號

九份夕照 2009 布 油彩 50×90cm

筏

筏過你的眉濱

大海無邊際

紺目湧藍濤

筏過你的雙唇

櫻紅開兩瓣

笑聲送花香

筏過你的心湖

湖畔金色花

初開相思林

叢叢

棄舟尋你三千里

歌聲幽遠處

惟見鞍上

你那吆喝揮鞭的

身影

2013 年 5 月 17 日

渡　2010　木板　壓克力 43×91cm

油菜花

只是開了一朵小小
小花
你就
跨
步

到天涯

相思滿山河
蕊蕊花飛淚眼

扶杖過湍流
撥亂草
尋你百千回
回眸風白髮
皚皚映你
不老
金色年華

2011 年 12 月 29 日
＊刊於《笠》雙月刊 292 期，2012 年 6 月。

油菜花　2011　布　油彩 45×65cm

在雪崖誦經

在海拔一千五百公尺的
山巔念佛
為你——
異教的基督徒

雪崖上
摘一朵
白色越橘花
插在你
黑褐色的鬢邊
岩鷚飛來
喞喞
颭拂面祥雲
為你——
異族子孫
用漢人的語調
口誦
般若波羅蜜經

2006 年 10 月 5 日

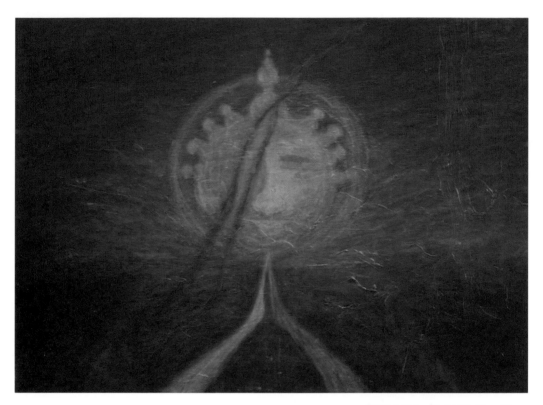

觀音 2010 布 油彩 53×73cm

海戀

海鷗乘風

飛成一片藍

與你的盟約

即使——

破浪湧去天涯

回流

終究在岸邊

聽說天上優曇花

萎盡處

千年將再現

潮去潮來億萬載

愛你——戀你——

豈止

三千年

2012 年 5 月 21 日

海戀 2012 布 油彩 120×120cm

傳說

傳說天上有瑩亮的摩尼寶珠

一雨即成曼陀羅花

傳說北海有條巨龍

翻騰呀翻騰　就化成海天白浪

傳說五彩琉璃總是凝在玉山頂上

東溶為卑南溪　西滙成珊瑚潭

傳說人們的眼裏都有冰潔的水晶

當歌聲再起　就會流成

恢恢罟網

祇是它再也網不住

三月裏的楊花

四月裏的飛蝶

五月裏遠逝的笑聲

*卑南溪，台東縣最大河川，發源於中央山脈
海端鄉境內，流經海端、池上、關山等鄉鎮市。
珊瑚潭，即烏山頭水庫。位於台南六甲和官田
交界處。

*刊於《笠》雙月刊，121 期，1984 年 6 月號

流荷　2010　布　油彩 61×73cm

落日

拂拂衣袖　　　　　　　這黃昏
你走了　　　　　　　　才一入夢

我的胴體
流出　　　　　　　　　肚上已繪出
痙攣一片處女紅　　　　一灘
這初夜　　　　　　　　海味乳白
皓月升起　　　　　　　一幅尋愛的地圖
冉冉　　　　　　　　　在東方
　　　　　　　　　　　掛出

赤裸上身
下船來　　　　　　　　2010 年 12 月 12 日
還帶著腹肌
六塊送我

總愛聽你唱歌
那首傷心的
惜別海岸

落日 2008 布 油彩 32×41cm

說好要在油菜花開滿田園時回來

說好要在油菜花開滿園時回來
那年
目送你
背著行囊消失在小河對岸
說好要在油菜花開滿園時回來
蝴蝶薑青綠綠
你拾起靜靜躺在河岸的小石子
投向河裡
噗通噗通告訴我：
你會涉過冷得冒出白水煙的河水
穿著高統皮靴
溼漉漉回來
看我

下了整整一個臘月的冬雨停了
白裡帶灰的雲兒纏繞山腰
你說過會在油菜花開滿園時回來
今年
小河畔的芒花開得特別繁盛

而那年
你立在閃閃發出水光的小河裡
回首對我說：
風大，別讓漫天飛舞的芒花
白了你的頭髮
而我總是想起：
說好要在油菜花開滿園時回來

2012 年 1 月 12 日

油菜花 2011 布 油彩 45×60cm

撫摸

撫摸你的皮下組織

用我長繭的右手

你的左手卷縮記憶裡

滲出的愛

自你深埋底層的骨髓

就在得了性冷感症的五線譜

釘上疼痛的音符吧

或許你的跫音

會像路過田梗的送葬嗩吶聲

哀哀輕叩

我殘夢中的柴門

而當布穀鳥啁啁啼叫在窗口

我來換上一襲褪色的舊薄紗

等待你深情的

撫摸

2011 年 12 月 13 日

髮絲

一襲髮絲

飄蕩在眼前

六十年了

對你的愛

一如

那座雪白的瀑布

花開花謝總無情

荒園野草侵

怎一個亂字了得？

2014 年 4 月 23 日

蓮華之吻

只要是一眨眼就會流淚的憐愛
印在你的臉上唇上身上
你心頭裡的痛苦就掛滿我的
手上臂上肩上。

貧窮從你風乾了的臉孔伸出
雙手吶喊——左一處裂隙
　　　　　　　右一處裂隙
破裂得像菜販子的叫賣。而你
只不過是一個小小，小小的少年
小得還挑不起半擔子憂愁！

要是星星是滿盞的明燈
要是油菜花是一片期待
要是風還沒有停歇
那就讓明燈鑲在眼裏
將希望插在胸前。
將孤獨和哀愁掛在樹梢，隨風
吹呀，吹呀，吹走吧！

要是蓮華是聖潔的憐愛
就把它種在你的家園吧
當它在笑聲中開放時，我來
吻你，吻你黃金的胴體
那時，你給我的滿手滿臂滿肩的
痛苦，將流著淚成為朵朵
黃金的蓮華。

1972 年 8 月
＊刊於《笠》雙月刊，50 期

流荷 2008 布 油彩 30×60cm

擁

*初夏，新店溪畔龍捲風肆虐……

擁你入夢　　　　　　　擁你
歇了　　　　　　　　　用罌粟花的大紅
那巫山雲雨　　　　　　擁你入夢
大雨滂沱　　　　　　　而當暴雨一夜
卻在　　　　　　　　　打落
新店溪　　　　　　　　番荔枝的綠菓子
　　　　　　　　　　　我來吮你

撼拔不動　　　　　　　吮你
大地植根蓮花座　　　　狂喜的靈魂
狂妄龍捲風
怎知真愛一斤
有多重　　　　　　　　2011 年 5 月 29 日

夢裡
三月杜鵑正盛開
這五月
初夏
天還灰

擁 2011 布 油彩 61×73cm

鏡影

從來就不敢正視你的身影　　　你來到我的床前看我

儘管　　　　　　　　　　　　我的淚眼潸潸

你髮髻上那朵山茱　　　　　　滴落那只

正盛開　　　　　　　　　　　繡著水鴛鴦的枕子

畢竟

你的歡笑　　　　　　　　　　2014 年 5 月 29 日

正是我的悲傷　　　　　　　　＊刊於《掌門詩學》第 71 期

　　　　　　　　　　　　　　2013 年 12 月

那天黃昏

我踩著芳草出門

又捧著滿襟落花回來

而月光

早已潛入你的酒窩

你烏亮亮的黑髮

反照我

兩鬢的歲月斑白

許是一場春夢吧？

那一夜

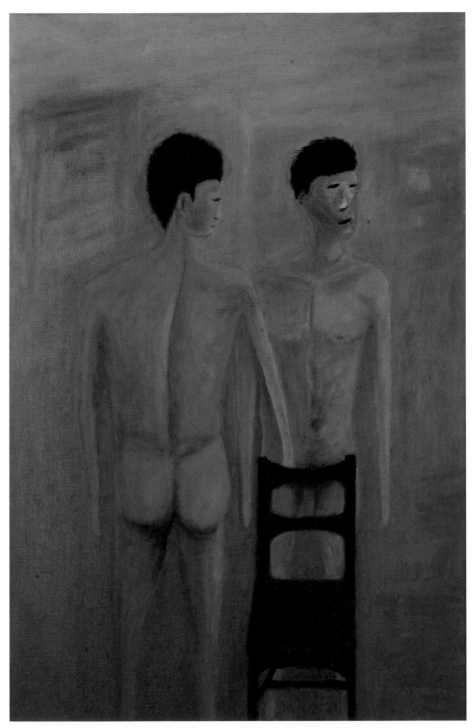

你是我心中的影子 2011 布 油彩 50×71cm

鏡

終於
你走出鏡子
但為何
你還在鏡裡一角
留下體香

當年
你走入
鏡裡的深林小徑
回眸
向我招手
而我
在鏡外
吟一首離別的詩

而今
你已面皺髮蒼
佝僂著背
走出鏡子
但為何
你還在鏡裡一角
留下體香

2007 年 8 月 24 日

飄出來的微笑呀！
——寫給病榻上的子旭

不知翻到第幾頁了

那本主治醫師的病房日誌

氧氣罩裡的純氧

大口送進你千瘡百孔的肺葉

你的身體

竟瘦成一莖窗外夏枯草

亂雲垂大地

狂暴初夏大豪雨

竄入病房的閃電

噬紅你

半邊

腫脹的臉

送來一束紅百合

幽香掰開

像是苦花蕾的雙唇

飄出來的微笑呀！

交響那聲

遠在天邊的夏雷

2013 年 10 月 22 日

楊風

本名楊惠南，1943 年生，台中清水人，台灣大學哲學系退休教授。《笠》、《台灣現代詩》、台灣筆會會員。

著作一般詩集：《花之隨想》、《詩語・佛心》、《台灣詩人群像：楊風詩集》

同志詩集：《白櫻樹下》、《山上的孩子》、《原來你還在唱歌》

劇本：《天女散花》

同志小說：《那年秋天》、《雲外幻生・若米華星》、《墜落之愛》

相關著作：

《雨夜禪歌：我讀六祖壇經》、《水月小札》、《禪思與禪詩：吟詠在禪詩的密林裏》、《愛與信仰：台灣同志佛教徒之平權運動與深層生態學》、《我們的土地・我們的歌：深層生態學的深層呼喚》、《因為愛，我和你同在一起：台灣同志平權運動及其他》

總是思索著如何化作一隻翠鳥

或是化成一朵粉條兒菜

開在

你

憑欄

遠眺的地方

·······

典藏人文 2

楊風情詩選
原來你還在唱歌

作　　者：楊　風

美術設計：許世賢

出 版 者：新世紀美學

地　　址：新北市淡水區沙崙路 25 巷 16 號 11 樓

網　　站：www.dido-art.com

電　　話：02-28058657

郵政劃撥：50254586

印刷製作：天將神兵創意廣告有限公司

電　　話：02-28058657

地　　址：台北市民族西路 76 巷 12 弄 10 號 1 樓

網　　站：www.vitomagic.com

電子郵件：ad@vitomagic.com

初版日期：二〇一五年十二月

定　　價：四八〇元

國家圖書館出版品預行編目（CIP）資料

原來你還在唱歌：楊風情詩選 / 楊風著 .-- 初版 . --
-- 新北市 ： 新世紀美學，2015.12
　　面 ； 　公分 --（典藏人文 ；2）
ISBN 978-986-88463-5-7（精裝）

851.486　　　　　　　　　　　　104026158

新世紀美學